KB138851

세계시인선
015

비용의 넥타이

아틸라 발라즈
최소담 역

© Adriana Weimer

당신이 손에 쥐고 있는 씨앗 속에서
뿌리의 떨림을 느낄 수 있나요?
그리고 무게 하나 없는 깃털에서
새의 날갯짓을 느낄 수 있나요?
그리고 당신이 내 얼굴을 만질 때
내 미친 듯한 피의 소동을 느낄 수 있나요?

—「질문들」 전문

세계시인선 015

비용의 넥타이
Villon nyakkendője

아틸라 발라즈 ATTILA F. BALÁZS 지음

최소담 옮김

서정시학

시인의 말

이 시집의 번역으로 한국 독자들과 만나게 되어 마치 탐험가가 목적을 달성하였을 때에 비견될만큼 매우 기쁘고 흥분됩니다. 이 책을 읽는 한국 독자들 역시 이 시집을 읽으면서 제가 느끼는 감정을 똑같이 느끼기를 바랍니다. 그리고 제가 한국 문화와 한국인을 사랑하듯이 한국 독자들 역시 제 책을 사랑하게 되었으면 합니다.

이 시집을 번역한 최소담 번역가에게 감사의 마음을 표합니다. 또한 수년간 저와 협업하고 있고 또 이 프로젝트를 처음 시작한 김구슬 교수에게도 깊은 감사의 뜻을 전합니다. 마지막으로 한국과 헝가리의 문학적 교류를 이끈 메드비지 이스트반(István Medvigy) 주한 리스트 헝가리 문화원 원장에게도 고마운 마음을 전합니다.

무한한 감사의 뜻을 전하며…

2024년 봄

아틸라 발라즈

차 례 Contents

2부 길 위에서 ÚTON

3부 도정에서 MENET KÖZBEN

1부

FÁTUM

úgy fogy el az út a lábad alatt
hogy észre sem veszed
kinyílnak-e a szárnyaid?

운명

당신 발 아래서 길이 사라져버려요
당신이 알아차리지도 못하게요
당신은 날개를 펼칠 수 있을까요?

VILLON NYAKKENDŐJE

megkeményedik ajkad
mikor
Villont vagy József Attilát
szavalsz

szemed a távolba mered
mintha haragudnál
vagy
megfeledkeznél rólam

féltékenység mocorog
a rothadó fészekben
mely visszavárja
az elhajhászott madarakat

a sötétre váltó égen
mint kivetítőn
Villon megigazítja a kötelet
sebhelyes nyakán –

비용의 넥타이

당신 입술이 굳어지네요
당신이
비용이나 아틸라 조세프 시를
읽을 때면

당신 눈이 저 먼 곳을 바라보고 있네요
화가 난 것처럼
아니면
나를 잊은 것처럼

질투가 솟구치지요
멀리 날아가버린
새들이 돌아오길 기다리는
썩은 둥지에서

하늘이 어두워지면
영사기로 비추듯
비용은 상처난 자기 목에
로프를 조절하지요 –

MEMENTO

fáradt agyag
ráncos
szikkadt
a nap gyilkos simogatásában

ujjlenyomatok őrzik
az érintés
a formálás
a magára-hagyás
megmerevedett nyomait

메멘토

지친 찰흙은
태양의 살인적인 애무에
주름지고
바싹 말라버렸어

지문에는 남아있어
감촉과
형상과
버림받음과
고독의 단단한 흔적들이

SZÉPSÉGVADÁSZAT

Csüng az idő
a meggörbült mutatón

a kulcsos ember bezárja a rácsot
csíkokat vág a fényből
a szépség kifolyik a réseken
és összeáll a retinán a kép

아름다움을 찾아서

시간이
구부러진 시곗바늘에 걸려있다

열쇠를 쥔 사람이 문을 잠그고
빛은 조각조각 잘려나가고
아름다움은 틈새로 쏟아져나와
망막위에 이미지가 모인다

A KOCKA

az idő mint elakadt lemez
folyton ugyanazt ismétli

hatalmas kéz kivesz
egy kockát
és az építmény nem omlik
össze

egyensúlyozhatsz tovább
mintha mindig éltél volna
éltél-e egyáltalán?

정육면체

고장난 레코드처럼
시간은 계속 똑같은 것을 반복한다

거대한 손이
정육면체를 하나 빼내도
구조물은
무너지지 않는다

넌 계속 균형을 잡을 수 있다
마치 항상 살아있던 것처럼
넌 진정 살았던 적이 있었던가?

TÖREDÉK

veszteskként kullog
a tekintetek mint fénycsóvák
követik
a golyó mellette talál
nyugvópontot a falban

szag
por
csituló zaj
beletörődés
minden impulzus
önmagát gerjeszti

tömegsírból vonszolja ki magát
a gondolat
lehajtott fej
vessző
a kinyökögött frázis után

a reggelt este követi
az estét megint este
mintha örökös éjszaka

조각

마치 패배자처럼
제일 끝에 온다는 것은
빛이 뒤따라오는 것과 같다
총알은 그 옆
벽에서 안식처를 발견한다

냄새
먼지
잦아드는 소음
체념
모든 충동이
발동한다

사념이
공동 묘지에서 기어나온다
머리를 숙인 채
쉼표는
더듬거리는 문장을 뒤따른다

아침이 지나면 저녁이 오고
저녁이 지나면 또 다른 저녁이 온다
마치 영원한 밤이

telepedett volna a városra
ajtócsikorgás emlékeztet a mozgásra
csupán

álmos és vörös szemek
kiszáradt száj
mint tökmaghéjat
betűket köpköd szerteszét

a házak egymást ölelik szerelmesen
a szerelem olyan, mint egy vers
az utolsó mely a költőben születik
a leomló fal tövében

도시에 정착한 것처럼
삐걱거리는 문소리만이
움직임을 상기시킨다

졸린 붉은 눈들
마른 입
호박씨 껍질과
글자를 뱉어내는 듯하다

집들이 서로를 사랑으로 감싼다
사랑은 시와 같다
쓰러지는 나무 발치에서
시인이 낳은 마지막 것

KISGYERMEK A PARKBAN

nevet próbál adni a dolgoknak
hanggal fejezi ki örömét
bosszúságát
rácsodálkozását a
felfedezendő szépségekre
fű virágok falevelek árnyak
hangyák bogarak lepkék
a szökőkút gyöngyöző vize
lerajzolni emlékezetből könnyebb
mint szavakba gyömöszölni
gullyog makog dadog
majd dacosan elszalad
megkergeti a rácsodálkozó
galambot

공원에서 한 작은 아이가

사물에 *이름*을 붙여보려 한다
아직 발견되지 않은
아름다움을 보고
소리내어 기쁨과 짜증
경이를 표현한다
풀 꽃 나뭇잎 그림자
개미 딱정벌레 나비
분수의 반짝이는 물
기억에서 *끄*집어내는 것이
말로 짜내는 것보다 쉬울 것이다
까르륵거리고 재잘거리고
더듬거리다가
비둘기를 쫓으며 용감하게 달려가다
그 놀란 모습에 어리둥절 쳐다본다

ÚJRAFESTETT RÁCSOK

szórd szét
oszd meg a morzsákat

adj kenyeret és halat
az éhes gyülevészhadnak

hazug ígéreteket
ördögi képernyőkön
és csábos plakátokon

szórj hamis ezüstpénzeket
hadd tülekedjenek
egymást taposva
vicsorogva
egymást marva

gyakorold be a gesztusokat
hangoztass szlogeneket
míg tekintetük
mint bogáncs tapad rád

vakon követnek majd mint a
megváltót

새로 칠한 창살들

빵부스러기를 흩뜨려
나누도록 하라

굶주린 군중에게
빵과 생선을 나눠주어라

악마적인 화면과
유혹하는 포스터에 쓰인
거짓 약속들

위조 은화를 흩뿌려
그들이 우루루 몰려와서
서로 짓밟고
으르릉대며
물어뜯게 하라

제스처를 연습하고
슬로건을 외쳐라
그들의 시선이
엉겅퀴처럼 너에게 달라붙을 때까지

그들은 맹목적으로
너를 구세주처럼 따를 것이다

és szabadnak érzik magukat
az újrafestett rácsok mögött

그리곤 새로 칠한 창살 뒤에서
자유를 느낄 것이다

FELHŐ

versekkel ápolom
szellemi immunrendszeremet
van aki komolyan vesz?
lesz akit megérint egy metafora?
sikerül ablakot vágni
a szürke falba?

mivé állnak össze a törölt sorok
a kommunikációs felhőben?

클라우드

나는
시로 내 정신의 면역 체계를 치료한다
나를 진지하게 여길 사람 있나요?
은유에 감동받을 사람 있을까요?
회색 벽에
창을 낼 수 있을까요?

지워진 시행들은
클라우드에 어떻게 모이게 될까요?

GÖRDÜLŐ KÖVEK

elszabadult csikó
a képzelet
örök befoghatatlan

lehet formája a hiánynak?
milyen idegpályákon
közlekedik?

hús tölti ki a hiányt
látvány
tapintás
melegség

a hús szárad
fogy a csontokon
kukacok híznak

majd elenyésznek ők is
csak a gördülő kövek
csiszolódnak
az örökkévalósághoz

구르는 돌들

상상력은
절대 잡을 수 없는
고삐 풀린 망아지

부재하는 것이 형태를 취할 수 있을까요?
그건 어떤 신경 경로로
이동하고 있나요?

살이 공백을 메웁니다
시각과
촉각과
온기를

살은 말라가고
뼈는 삭아가고
구더기들은 살찌고 있습니다

그들 또한 소멸해갈 것이고
구르는 돌들만
영원히
반짝일 겁니다

A JÁTÉK

folyton ismételni
amíg a játék véget ér
de a játék sosem ér véget
és nem lehet megismételni
semmit

az utolsó ítélet
a kártyák újraosztása lesz
gyakorold az esést
az egyensúlyát vesztett
nyeregből
a fájdalmat csak utólag érzed

게임

게임이 끝날 때까지
계속 반복하라
하지만 게임은 절대 끝나지 않으며
너는 결코 아무 것도
반복할 수 없다

마지막 결과는
마지막 패의 카드가 결정할 것이다
너는 균형을 잃고
떨어지는 연습을 한다
너는 안장에서 떨어지고
한참 뒤에야 아픔을 느낄 것이다

A SZEM

találgatom:
kinek a szemével
néz hidegen az ablakon túlról
görcsbe merevedett ágak
közül a prédára
leső halál?

눈

나는 추측해봅니다.
발작을 일으킨 듯 뻣뻣한 가지들 사이로
차갑게 창밖을 응시하는 저 눈이
누구의 눈인지
먹이를 기다리는
죽음일까?

AZNAPI PROFIL

mint álmos állat nyújtózik
a pára kávéscsészéd fölött
ilyenkor a kávé aromája
a nyár eleji virágok
és a lenyírt fű
illatával keveredik
a keserű íz a nyelvtől kiindulva
riadóztatja a sejteket
a forró kortyok hőhullámot
generálnak
a nyelőcsőtől a gyomorszájig
a test mint kikötött hajó
ringatózik indulásig
a csendes kikötőben.
Most még te vagy
aztán
a zötykölődő villamos
siketítő zajában
beállítod aznapi profilodat

하루의 일정

졸음에 겨운 동물처럼
당신의 커피잔 위로 김이 피어오를 때
커피의 아로마향이
초여름 꽃들과
깎은 잔디의 향과
뒤섞인다
혀에서 시작된 쓴 맛이
세포를 깨우고
뜨거운 몇 모금이
식도에서 위로 이동하며
뜨거운 파동을 일으킨다
고요한 항구에 정박한 보트처럼
출항을 기다리며
파도에 흔들린다
당신은 그래도 당신이니
귀청이 찢어질 듯
덜컹거리는
전차의 소음 속에서
하루의 일정을 세운다

LÁZADÁS

a laptop billentyűiről
lekopnak a betűk
beleégnek ujjbegyembe

bőrmaradványaim patinát
képeznek a billentyűkön

lázadni készülnek a szavak
klónomat készítenék
hogy szabaduljanak tőlem

반란

노트북 자판의 글자들이
닳아서
내 손가락 끝으로 타들어온다

내 피부 곳곳이
자판을 녹슬게 하고

단어들은 반란을 준비한다
그것들은 내게서 벗어나려고
나를 복제하려 한다

DÖNTÉS

az árnyék megszökött a fénytől
és nálam keresett menedéket

sosem tudtam dönteni
ezért ezt mondtam:

nappal
a fény simogatására vágyom
a fülledt éjszaka
legyen a tiéd

결심

그림자가 빛에서 벗어나
내게서 피난처를 찾았다

나는 결코 결정을 내릴 수 없었다
그래서 이렇게 말한다.

낮에는
난 빛의 애무를 원한다
관능의 밤은
당신의 것이 되기를

A VERS ÖNMAGÁT ÍRJA

a szoba groteszk helyzetbe merevedik
mint mikor
görcs bénítja meg az embert
nehezen lélegzem
az újraindított tudat visszaállítja a történések
hálóját
a helyzetet felismerem
de nem érdekel
ebben a pillanatban más
csak az hogy élek
az ablak mint poros képernyő
a székesegyház szürke tornyait mutatja
rendületlenül az utcai lámpák bágyadt
fényében

a vers elszántan felnyitja
a laptop fedelét bekapcsolja a gépet
és türelmetlenül kopog az asztal lapján
míg megnyílik a fehér oldal a képernyőn

ütni kezdi a billentyűket javít töröl
majd belelendül újra

시는 스스로 쓴다

방이 기괴한 모습으로 굳어진다
경련이 사람을 마비시킬
때처럼
난 숨쉬기가 힘들고
다시 돌아온 의식은
사건의 네트워크를 복원한다
난 상황을 인식한다
허나
이 순간 나의 유일한 관심은
내가 살아있다는 것뿐
먼지 낀 화면과도 같은 창
성당의 잿빛 첨탑들이
희미한 가로등 불빛 속에서
변함없이 모습을 드러낸다

시는 결연히 노트북을 열고
전원을 켜고
화면에 하얀 페이지가 뜰 때까지
초조하게 책상을 두드린다

시는 자판을 두드리기 시작하고 수정하고 지우고
그리곤 다시 능숙하게 작업한다

mintha géppuskasorozatot adna le
válla fölött beleolvasok a kígyózó szövegbe
engem ír döbbenek rá
engem ír a vers

én nem írtam már rég
pedig kopnak a betűk
a billentyűzeten
levelek pályázatok költségvetések
ilyesmik rabolják
nap mint nap az időmet
miközben a vers hiába vár
a megbeszélt padon
csalódottan áll fel és megy el
ki tudja hová
kinek a szívdobbanását hallgatja átszellemülten
nem mondok le arról

hogy egyszer telefröcsköljem a fehér lapot
perverz betűimmel
merész álmaimmal
mielőtt lekopik a billentyűkről

마치 기관총을 발사할 때
어깨너머로 보듯이
난 내 앞에서 꿈틀거리는
텍스트를 읽어 내려간다

시가 나를 쓰고 있는 거다 난 시가
나를 쓰고 있다는 것을 갑자기 깨닫는다
난 오랫동안 쓰지 않았던 거다
자판 글자들이 닳아가고 있지만
편지 지원서 예산서 등이
매일 내 시간을 빼앗아간다
시는 우리가 합의한 벤치에서
헛되이 기다리다
실망한 나머지 일어서서 가버린다
어딘지 알 수 없는 곳으로
시는 누구의 심장 박동에
열심히 귀기울이고 있는가

난 포기하지 않는다
내 비뚤어진 글자로 하얀 페이지를 뒤덮고
글자 앞의 대담한 꿈들은
글자 하나 하나를 닮게 한다

minden betű
és a szem sem fárad el annyira
hogy összefolyjon minden
fura grafikába

kényszeredett mosollyal állnék fel a
forgószékről
nem látná senki a szomorúságot a szájam
sarkán
és ez így lenne jó

a híreket figyelem a tévében az interneten
miközben a vers engem ír

tudom hogy torz képet rajzol
de hagyom
én a hírekből kiszedem a fontos eseményeket
majd újra összerakom
új értelmet adva a történteknek
így írhatták egykor a történelmet
a horrort nem kell kitalálni
bőségesen árad minden csatornából

그래도 내 눈은
모든 것이 합쳐져
이상한 모양이 될 정도로
피곤하지는 않다

난 씁쓸한 미소를 지으며
회전 의자에서 일어나곤 했다
아무도 내 입술 끝
슬픔을 보지 못했을테니
잘 된 일이지

시가 나를 쓰고 있는 동안
난 인터넷 TV로 뉴스를 본다

난 시가 잘못된 이미지를 그리고 있다는 걸 알지만
그대로 내버려둔다
난 뉴스에서 중요한 사건들을
찾아 이를 모아서
새로운 의미를 부여한다
아마도 역사는 이렇게 쓰여졌으리라
당신이 공포를 만들 필요는 없다
채널마다 공포가 넘쳐나고 있으니

párna erődben az edzett férfi is
gyermekké szelídül
félálomban
elveszti súlyát minden
szétpukkan halkan mint a szappanbuborék

Freud papa elhelyezkedik
karosszékében
megsimogatja ősz szakállát
szivarra gyújt
és nézi a fejem fölött terjengő füstöt

én nyugodtan merülök el
a tudattalanban
mintha
nagyapám vigyázná álmomat

a vers tovább ír engem
a vers tovább írja önmagát

요새와도 같은 베개 속에서는,
무감각한 사람도 반쯤 잠든 아기처럼
부드러워지는 법이다
모든 것이 무중력 상태가 되고
비누거품처럼 조용히 터진다

아버지 프로이트는
안락의자에 앉아 회색 수염을 쓰다듬고
시가에 불을 붙이고는
내 머리 위로
연기가 원을 그리는 것을 바라본다

난 무의식 속으로
고요히 빠져든다
마치 나의 할아버지가
내 꿈을 바라보고 있는 것처럼

시는 계속 나를 쓴다
시는 계속 스스로 써내려간다

2부

BUKAREST

Jungot olvastam egy padon
nem először
közben fejhallgatóból
a Modern Jazz Quartet
ostromolta hallószervemet

a parkban varjak vitatkoznak
egy eldobott kiflivégen
a kockaköveken aprózom lépteimet
szemem végigpásztázza a terepet
mint valaha őrségben

a letaposott füvön
zsíros hajú asszony várja türelmesen
míg kutyája felemelt hátsó lábbal
elvégzi dolgát

a fa tövében
hatások
ellenhatások
a koponyatető alatt
idejétmúlt egzisztencializmus
eszmék és rögeszmék

부쿠레슈티

벤치에 앉아, 나는 융을 읽고 있었어
처음은 아니었어
헤드폰에서는
모던 재즈 4중주가
내 청각체계를 공격하고 있었어

공원에서는 까마귀들이
버려진 크루아상 조각을 서로 먹으려고 싸우고 있었어
난 자갈길을 살금살금 걷고 있어
눈으로는 망을 보듯
주변을 살피면서

머리가 떡진 한 여인이
나무 발치 납작해진 풀 위에서
뒷다리를 들고 볼일을 보는 자기 개를
참을성있게 기다리고 있어

머릿속에서
효과와
역효과
낡아빠진
존재론적
관념과 강박

forradalmi hangulat
nem csak az utcán
az interneten is

borotválatlan arc
vérmes szemek
követhetetlen algoritmus

a létezés egyik epizódját élem éppen

혁명적인 분위기는
길뿐 아니라
온라인에서도 가득하다

면도도 하지 않은 얼굴
핏발 선 눈
알 수 없는 알고리즘

난 존재의 한 장면을 살아가고 있다

TRIESZT

Viharos éjszaka után
tiszta az ég akár délutáni alvás után a szemed
a hullámok egykedvűen ostromolják a part
beton hullámtörőit
a szellő megsimogatja a bokrok fák leveleit
a felfrissült virágokat a lányok haját
a hajók unottan ringatóznak a kikötőben
a parton feszes bőrű lány
elmélyülten rajzol valamit a homokba
kis öleb aprózza lépteit
mindent megszagol
gazdája a horizontot kémleli
nem támad cápa
nem robban pokolgép
nem erőszakolják meg a magányos lányt
cunami sem tart a part felé
hát vers sem születik
ebben a szépséges unalomban

트리에스테

폭풍우 몰아치는 밤이 지난 후
하늘은
오수 후의 눈[眼]처럼 맑다
파도는 무심하게
해안의 콘크리트 방파제를 에워싸고
미풍은 덤불과 나뭇잎들과
소녀들이 머리에 꽂은 싱그러운 꽃들을 간지럽히며
따분한 배들은 항구에서 흔들리고 있다
해변에서는 피부가 탄탄한 한 소녀가
모래에 무언가를 열심히 그리고 있다
작은 강아지는 조심스런 발걸음으로
킁킁거리며 모든 냄새를 다 맡고 있고
여주인은 수평선을 바라본다
상어의 공격도 폭탄의 폭발도 없고
혼자 있는 소녀를 강간하는 사람 하나 없다
육체를 향해 몰려오는 쓰나미도 없다
그러니 이 아름다운 권태속에서는
시 한 편 쓰여지지 않는다

ZÜRICHSEE

megborzong a víz színe
halak rajzolnak
köröket
gerjesztenek
apró hullámokat
a felszín alatt

a vadkacsák
a part közelében
rájuk vadásznak

a láthatáron
átöleli az ég a földet
megbabonáz
az égi vízesés

취리히 호수

수면이
흔들린다
물고기는
수면 아래에서
작은 물결을 일으키며
원을 그린다

해안 가까이
야생 오리들은
추격을 당하고

하늘은
수평선에서 대지를 감싼다
하늘 폭포가
마법을 건다

MANAGUA

az éjszaka puha árnyai közt
nem figyelsz a hideg fényekre
az ég sátrát felhasító meteorra

és rám sem figyelsz
érintésem
lehet bárkié

kibújsz testem takarója alól
selymes sötét bőröd
csatakos

otthagyod testedet
a biztonságosnak hitt sikátorban
hol a halál settenkedik

마나과

부드러운 밤 그늘 속에서
넌 차가운 빛에 관심을 갖지 않아
하늘을 가르는 유성에도

그리고 내게도 넌 관심을 기울이지 않아
내 손길은
누구에게든 닿을 수 있어

내 몸 아래에서 미끄러져나온
너의 매끄럽고 검은 피부는
축축하지

너는 너의 몸을 두고 떠나는구나
죽음이 도사리고 있는 골목길에서
넌 안전하다고 생각하겠지

BUDAPEST

ismerős
a maszatos hirdetőfal
a megkopott zebra
a repedezett aszfalton
a napszítta dobozok
a kirakatban
a friss kenyér illata
a sarki bolt előtt
a barátságosan mosolygó hajléktalan
az aluljáróban

csak az üvegpalota tükrében
feltűnő elmosódott képed
idegen

ezen a
szeptemberi reggelen
mely fekete-fehér fotóba
merevül

ismerős a hang is
a hallgatás ikertestvére

부다페스트

익숙한 것들,
지저분한 광고판
깨진 아스팔트 위
닳아빠진 건널목
빛바랜 우체통
모퉁이 가게
진열장의
막 구워낸 빵냄새
굴다리 아래에서
미소짓는 홈리스

9월의 이 아침
흑백 사진 속에
고정된 채

유리 궁전에
희미하게 반사된
네 모습만이
낯설다

소리는 익숙하기도 하다
도시의 소음 속

a város zajának
idegen lüktetésében

낯선 리듬의
두 침묵

MARSEILLE

a templomban
angyalok által festett emberek
merednek rád
komoran

kint
utcák
        terek
                        aluljárók
arc-vesztett gazdái
egykedvűen majszolják
megsavanyodott kiflijüket
a szemfüles pék beléjük rótta:
rajtad múlik milyen lesz a jövő
minden harapással eltűnik néhány betű

a fekete macska
körüljárja a szemeteskukát
aztán amikor mellé érsz
átsétál előtted

마르세유

교회 안
천사들이 그린 사람들이
근엄하게
당신을 응시합니다

밖에서는
거리들
광장들
지하도로에서
체면도 없는 사람들이
시큼해진 크로아상을
무심하게 뜯어먹습니다
영리한 제빵사는 이렇게 새겨 넣었습니다.
당신의 미래는 당신 자신에게 달려 있습니다
한 입 물어뜯을 때마다 글자가 사라집니다

검은 고양이가
쓰레기통 주위를 돌아다닙니다
그리곤 당신이 다가가면
당신 앞으로 걸어옵니다

megállsz
tanácstalanul
teszel néhány bizonytalan lépést
körülnézel elpirulva
legszívesebben visszatérnél a sarokra
és kerülővel folytatnád utadat
de erőt veszel magadon és tovább indulsz

a jövő teleplakátozta a kísértetvárost
mint vasreszelék mágnesen
kasztrált fogalmak
tülekednek a póluson
Isten behunyja szemét
a paradicsomról álmodik
álmában mosolyog és gügyög

당신은 당황하여 멈춰서
얼굴을 붉히고 주위를 돌아보곤
주저하듯 겨우 몇 걸음 발을 뗍니다
골목으로 되돌아가
둘러갈까 하다가
냉정을 되찾고
계속 걸어갑니다

미래는 자석에 달라붙은 쇳가루같이
유령 도시에 포스터를 온통 도배질해놓았습니다.
거세된 개념들이
극지로 떠밀려듭니다
신은 눈을 감고
천국을 꿈꾸고 있습니다
그는 꿈속에서 미소를 짓고 소곤거립니다

BÉCS

szenvedélyes beszélgetés
a sokszázados házak között
vasalt kapuk
unatkozó angyalok
fényesre kopott macskakövek
masszív hidak

megszólal a mobil
szabadságon vagyok
mondod bosszúsan valakinek
a felhők együttérzőn megvastagodnak
a kutya felemeli hátsó lábát
nézed ahogy a vékony sugár
lemossa a port az oszlopról

비엔나

오래된 집들
철문들
지루한 천사들
닳아서 반짝반짝해진 자갈들
거대한 다리들 사이
열정적인 대화

휴대전화가 울린다
나 휴가중이야
당신은 누군가에게 투덜거리며 말한다
구름은 공감하듯 뭉치고
개는 뒷다리를 들어올리고
당신은 가느다란 빛줄기가 기둥에 쌓인
먼지를 씻어내리는 것을 바라보고 있다

3부

VILLAMOSSAL JÖN A RÉSZEG HAJNAL

szavaid koppannak
merev ingerküszöbömön
mint bogarak
a gépkocsi szélvédőjén
szétmázolom őket
ha nem állok meg

amikor megnevezed
a lombot
a felhőt
a fára tekeredő kígyót
bezárod a versbe
melyben
cunami
jégeső

földcsuszamlás pusztít
és az utolsó sor mögött
felfedezed
a sebtében elrejtett hullát

fekete varjak köröznek
szemük

술 취한 새벽이 전차를 타고 온다

당신의 말들이
내 경직된 자극의 문턱을 두드린다
자동차 앞 유리에 달라붙은
벌레들처럼
멈추지 않으면
짓눌러 버린다

당신이
잎과
구름과
나무를 타고 오르는 뱀에 이름을 붙이면
당신은 시 속에 그것들을 가두어둔다
시 속에서
쓰나미
우박

산사태는 초토화되고
마지막 시행 뒤에서
당신은 성급하게 묻어버린 사체를
발견한다

검은 까마귀들은 원을 그리고
그 눈은

ezernyi pislákoló csillag

az első villamossal jön
a részeg hajnal

수많은 반짝이는 별들이다

술 취한 새벽이 도착한다
첫 전차와 함께

VERS VAGYOK NEKED CSUPÁN

— Weöres Sándort idézve

Elmentem messzire, itt vagyok mégis
vissza nem térhetek soha
száműzetésben önmagamban

te írod a verset bennem
vagy a vers írja önmagát?
engem ír, míg fogyok mint a ceruza?

meleg test emléke az ősz
fura ábrákat tetovál a táj
megkopott vásznára

virágzó pipacs az ajkad
szenvedély nélküli csókot nyom
ráncolt homlokomra

kék pillangók
szállnak szememből
a lombok mögött pityergő égre

a költészet által élsz bennem
én vers vagyok neked csupán

난 너만을 위한 시
— 뵈레시 샨도르를 인용하며

난 멀리 떠났지만, 아직 여기에 있어
난 다시는 돌아올 수 없어
내 내면에서 망명 중이거든

너는 내 안에서 시를 쓰는 거니
아님 시가 스스로 쓰는 거니?
시가 나를 쓰는 거야, 내가 연필처럼 짧아지고 있잖아

가을은 따뜻한 몸의 기억이야
풍경은
낡은 캔버스에 낯선 형상을 새겨놓지

네 입술은 내 주름진 이마에
열정 없이 키스하는
꽃 피는 양귀비야

파란 나비들이
내 눈앞에서 날아가더니
나뭇잎 뒤에서 훌쩍이는 하늘로 가버렸어

너는 시를 통해 내 안에서 살고 있어
난 그저 너를 위한 시일 뿐이야

Miért vagyunk mi mind a Földön
olyan örök idegenek?

왜 우리는 모두 지구상에서
영원한 이방인일까?

ELFELEJTETT NYELV

mosolyod
kivillanó fehér fogad
hamis csillogású szemed
beszél helyetted

잊혀진 언어

네 미소
네 반짝이는 하얀 치아
네 거짓으로 빛나는 눈동자
너 대신 말하는구나

VIPERA

figyelsz amikor nem is nézel
mit látnál két pénzérmével szemeden?
mit a vak szeme lát?

a szavak elvesztik súlyukat
a tárgyak formájukat
a gesztusok jelentésüket
az ajkak csillogásukat
a madarak hangjukat
a versek mondanivalójukat

csak te őrzöd
az élethű mozgóképet
ki én voltam valaha
befelé nézel
merev jóga pózban
öledben sziszeg a vipera

독사

넌 쳐다보지도 않으면서 지켜보고 있어
동전 같은 눈으로
무얼 볼 수 있는 거지? 눈먼 눈이 무얼 보는 걸까?

단어들은 무게를 잃고
사물들은 형태를 잃고
몸짓들은 의미를 잃고
입술은 광채를 잃고
새들은 목소리를 잃고
시들은 의미를 잃어버리지

오직 너만이
과거의 나를 영화처럼
생생하게 지키고 있어
넌 나의 내면을 바라보지
뻣뻣한 요가 자세로
독사가 네 무릎에서 쉭쉭 소리를 낸다

KÉRDÉSEK

a tenyeredben lapuló magban
érzed a gyökér mocorgását?
és a toll súlytalanságában
a madár szárnyalását?
és bolond vérem forrongását
ha megérinted arcom?

lefogod-e majd szemem
ha elszáll belőle a fény
pillangója?

질문들

당신이 손에 쥐고 있는 씨앗 속에서
뿌리의 떨림을 느낄 수 있나요?
그리고 무게 하나 없는 깃털에서
새의 날갯짓을 느낄 수 있나요?
그리고 당신이 내 얼굴을 만질 때
내 미친 듯한 피의 소동을 느낄 수 있나요?

빛이 나비에게서 떠날 때
내 눈을
감겨줄 건가요?

ÜTKÖZÉS

amikor
találkoztál velem
furcsa időszakomat éltem
aligátorokat gyűjtöttem
skorpiókat és csörgőkígyókat
női lelkeket kopogtattam elszántan
mint szorgos fakopács
a beteg ágat

szavakkal töltöttem meg
a párnahuzatot
mely fejed alatt hol puha volt
hol kényelmetlen

a halállal bratyiztam
frontális ütközésben teszteltem
a hatás – ellenhatás törvényét
nem értettem miért vált pirosra
minden szemafor az orrom előtt

nyugalmi állapotot
mint biztonságos

충돌

당신이 나를
만났을 때
난 이상한 상태였어
난 악어와
전갈 그리고 방울뱀을 모으고 있었거든
썩은 나뭇가지를 쪼는
부지런한 딱따구리처럼
난 가차없이 여성의 영혼을 두드리고 있었어

당신 머리 아래서 때로는 부드럽기도 하고
때로는 불편하기도 했던
베갯잇을
난 단어들로 가득 채웠어

난 죽음과 친해졌어
정면 충돌로
작용 반작용의 법칙을 시험해보았어
왜 신호등은 모두
코앞에서 빨간 색으로 바뀌는지 알 수 없었어

모든 관계에서
나는 안전하고

ellazító fészket kerestem
minden kapcsolatban
de a pöfeteg felrobbant
a szőnyeg kicsúszott lábam alól
a szék lába kitört
a támasz megbillent
a korlát megingott
és a vihar is hirtelen jött
lehetetlen volt rákészülni

ezért bújtam melleid közé
mint nyugtalan garabonciás
azt a biztonságot keresve
mit anyám nyújtott hajdanán

de testem finom rángásai
elárulták neked
hogy álmom mindig nyugtalan
és amikor karjaidban fekszem elernyedten
kiürülve
boldogságot mímelve
már ott száguldok

편안한 보금자리 같은
휴식을 원했어
그런데 거품은 터지고
러그는 내 발 밑에서 미끄러지고
의자 다리는 부러지고
받침대는 기울어지고
난간은 흔들리고
그리곤 갑자기 폭풍이 휘몰아쳐
아무런 대비도 할 수 없었어

그래서 난 불안하게 떠돌아다니는 마법사처럼
당신 가슴을 파고 들었던 거야
한때는 우리 어머니가 주셨던 안정을 찾아
당신 가슴을 파고 들었던 거야

하지만 내 몸이 미묘하게 움찔거려
내 꿈이 항상 불안하다는 걸
당신에게 보여주고 말았지
그리고 내가 행복을 흉내내며
멍하니
당신 팔에 안겨 있을 때
난 낯선 고속도로에서

szédítő sebességgel
egy ismeretlen autósztrádán
az új ütközés felé

또 다른 충돌을 향해

아찔한 속도로

이미 달려가고 있던 거야

ÉS AKKOR MEGFORDULTAM

menet közben szerettél,
öltél és öleltél

tenyérnyi foltot leheltél
a befagyott ablakra

bőrödön varasodnak
a simogatások
meg nem született gyermeked
életét
próbálod kitalálni

elképzelem: mosolyogsz
grimaszt próbálgatsz
mielőtt megfordulok

그리곤 난 돌아섰다

돌아오는 길에 당신은 내내 나를 사랑하고
나를 껴안고 나를 애무했다

당신은 얼어붙은 창에
입김을 불어 손바닥만한 얼룩을 남겼다

당신 피부를 애무한 자리에
딱지가 생긴다
당신은
아직 태어나지 않은 당신 아이의
삶을 그려보려 한다

난 상상한다. 당신은 미소를 짓고
찡그리려 한다
내가 돌아서기 전에

NYITVA FELEJTETT AJTÓ

a legeldugottabb helyeken
pormacskák
őrzik a hangulatokat
illatokat
titkokat
amikor elmentél
itt felejtetted árnyékodat
mely egykedvűen
terül el a dolgokon
mint te a heverőn egykor

ütőered lüktetései
más testben indítanak el
hullámveréseket

nyitva hagytuk az ajtót
emlékezetünkön

és most csapkodja
minden kódorgó szellő?

문을 열어둔 채로

제일 깊숙한 구석에서
먼지덩이들이
분위기와
향기와
비밀을 지키고 있어요
당신은 떠날 때
소파에 누워있었을 때처럼
물건들 위에 무심하게 놓인
당신의 그림자를
가져가는 것을 잊어버렸어요

당신 동맥의 박동이
다른 몸에서
파동을 일으켜요

우리는 기억의 문을
열어놓았지요

그래서 미풍이 불어올 때마다
문이 계속 열렸다 닫혔다 하는 건가요?

rakosgatod a szavakat
mint kirakósban a formákat
nem sikerül befejezned
folyton újrakezded
végignézed
az érzelmek
haláltusáját

üvegcserepek csillognak
a hozzád vezető úton
még nem tudom:
elindulok-e mezítláb feléd

당신은 퍼즐 조각처럼
단어를 배열하네요
좀처럼 완성할 수 없으니
계속 다시 시작하네요
당신은
단말마의 고통을
보고 있지요

유리 타일이
당신에게 가는 길 위에서 반짝이고 있어요
나는 아직 모르겠어요
맨발로 당신에게 가야 할지 말아야 할지

MEGUGATNÁNAK A KUTYÁK

mindenki alszik
te nem alszol
verseket olvasol
a macska néha kinyitja
félszemét
és rád sandít

szokatlan hangokat ad
időnként a komputered
vagy a telefonod,
jelentkezik valaki
vagy sms érkezik

egyedül
vagy valahol
máskor nem vagy
egyedül
én rád gondolok
te nem gondolsz semmire
csak érintésre mozdul meg
benned valami
mint amikor áramot kap
egy szerkezet

개들이 당신에게 짖을 거예요

모두가 잠들어 있고
당신만 깨어 있지요
당신은 시를 읽고 있어요
때론 고양이가
한쪽 눈을 뜨고
실눈으로 당신을 쳐다봐요

때때로 당신의 컴퓨터에서
이상한 소리가 나요
아니면 당신 전화기에서 나는 소리일까요
누군가 전화를 걸거나
문자가 오는 소리일 거예요

당신이 혼자 있을 때
또 때로는
당신이 어딘가에서
혼자 있지 않을 때
나는 당신을 생각하고 있어요
당신은
아무것도 생각하고 있지 않아요
그냥 무언가 닿으면
당신 안에서 그냥 뭔가 떨려요
마치 기계에 전류가 흐를 때처럼

tanulok felejteni
nem megyek a világodba
megugatnának a kutyák

나는 잊는 법을 배우고 있어요
나는 당신의 세계에 들어가지 않을 거예요
개들이 짖을 것 같아요

UTOLSÓ SZÓ

te virágokat gyűjtesz csokorba
én csupán szavakat

te derűsen
félelem nélkül szemléled
a délről ránk törő
megállíthatatlan áradatot

én keserűen és félelemmel
nem tudom a dühöt
magamba zárni
nehéz megszelídíteni a félelmet

te mosolyogsz mert nem tudod
hogy mögötted

nyitja bűzös száját az enyészet
én nyitott szemmel várom a halált
lesz mondanivalóm
az utolsó szó jogán

마지막 말

너는 꽃을 모아 부케를 만들고
나는 시만 모으네

너는
남쪽에서 우리를 향해 밀려오는
막을 수 없는 범람을
조용히 두려움 없이 바라보고 있네

쓰라리고 불안해
내 안의
분노를 가둘 수가 없네
두려움은 길들이기가 어렵네

너는 웃고 있네
네 뒤에서 소멸이 냄새나는 입을 벌리고 있다는 걸
알지 못하기에
나는 뜬눈으로 죽음을 기다리고 있어
마지막 남길 말이라는 이유로
할 말이 뭔가 있을거야

ASSZONYSORS

hol vannak az egykori férfiak
akikre főztél
akikre mostál
és megadóan tűrted
ápolatlanságukat
lábszagukat
nagyképűségeiket
önimádatukat
borgőzös leheletüket
átlátszó magyarázkodásaikat

hol vannak a férfiak
akik sosem hoztak virágot neked
akiket hiába vártál
akik ünnepi tortádban
oltották el cigijüket

akik elhagytak
akik akkor tettek magukévá
amikor nem volt rá kedved
akik elaludtak
amikor vágy gyötört

여성의 운명

그 남자들은 어디에 있나요
당신이 요리도 해주고
빨래도 해주고
그 지저분함
그 냄새나는 발
그 자만심
그 나르시시즘
그 와인에 취한 숨결
그 뻔한 해명들을
어쩔 수 없이 참아냈던 그 남자들이요

그 남자들은 어디에 있나요
당신에게 꽃도 갖다주지 않고
쓸데없이 기다리게만 하고
당신 생일 케이크에
자기 담배나 끄고

당신은 원치 않을때
당신을 버리고
당신을 소유했던 그 남자들,
당신이 욕망으로 고통스러워할 때
잠들어 버렸던 그 남자들이요

látod:
a tavalyi levelek szétporladnak
a fán maradt alma
összezsugorodott
a megfagyott gyep
zöldellni kezd újra
rügyeket bontott a sárga rózsa
fészkét javítja a gólya
az előbújt bogarak legyek
feltöltődnek a nap sugaraival
a változás szele megsimogatja
az ébredezőket

a sokkarú isten öleléséből
te is kibontakozol
hátat fordítasz
tükörképednek

보세요.
작년의 나뭇잎들은 부스러져버리고
나무에 달려있던 사과는
쪼글쪼글해져버렸어요
얼어붙은 잔디는
다시 파랗게 자라지요
노란 장미엔 싹이 트기 시작했고요
황새는 둥지를 짓고 있네요
벌레와 파리들이 밖으로 나와
햇빛을 쬐고 있네요
바람도 바뀌어
막 깨어나기 시작한 것들을 애무해주네요

당신도 팔이 여럿 달린 신의 품을
벗어나는군요
당신은 거울에 비친 당신의 모습에서
등을 돌리는군요

IMA

voltak napok amikor
nem tudtam kommunikálni
senkivel
nem volt az befelé fordulás
inkább zavart
minden emberi megnyilatkozás

depresszió – mondanád
de jó volt a kedvem
elszórakoztam macskáimmal
megmetszettem a rózsákat
könnyed voltam
mint egy akrobata
ki nem ismeri a gravitációt

rozsdafarkú figyelte
minden mozdulatomat
miközben ide-oda szálldosott
a seregélyek felrebbentek
és a távoli gyümölcsfákról kémleltek

기도

누구와도
소통할 수 없던
때가 있었어요
그건 내가 내면세계에만 빠져 있어서가 아니라
사람들 말이 전부
나를 짜증나게 해서였어요

우울증이라고 할런지도 모르겠지만
나는 기분이 좋았어요
우리집 고양이와도 놀았고
장미를 다듬기도 했어요
나는 중력을 의식하지 않는
곡예사처럼
가벼웠지요

딱새가
여기저기 날아다니면서
내 움직임을 낱낱이 지켜보고 있었어요
찌르레기들은 날아올랐다가
저 멀리 과일나무에서 나를 엿보고 있었고요

te kedves
tudatom rejtett hajlékában
vártál türelmesen
míg befejezem közös imámat
a teremtményekkel

그대여
당신은 내 은밀한 의식의 구석에서
참을성 있게 기다렸지요
내가 우리 기도를
끝낼 때까지

KIRAKÓS JÁTÉK

ülj le ide az ágyra
nézlek csendben
felfedezlek újra
maradj mellettem

ne siess, ülj le
a fecskék már telelőn
nem pihennek felhők sem
a dombtetőn

maradj mellettem
míg remegő kezekkel
összerakom magam
kirakós játék ez kísértetekkel

magamtól sem félek
szétszórt kártyák a napok
arcod térképén keresgélek
fogd a kezem míg meghalok!

퍼즐

여기 침대에 앉아봐
나는 너를 고요히 바라보고 있어
나는 너를 새롭게 발견하는 거야
내 옆에 있어봐

서둘러 가지 말고, 앉아봐
제비들은 이미 겨울을 보내고 있어
언덕 위
구름조차도 쉬지 않아

내 옆에 있어줘
떨리는 손으로
내가 마음을 가라앉힐 때까지
이건 유령과의 퍼즐이야

나는 내 자신을 두려워하지 않아
매일매일은 흩어진 카드들이야
나는 너를 네 얼굴 지도에서 찾고 있어
내 손을 잡아줘 나 죽을 때까지!

정밀과 과묵의 시

티보르 잘란 TIBOR ZALÁN (시인)

나는 "시학"에 대해 내 나름의 어떤 생각을 물론 가지고 있지만, 이를 아무 곳에서나 주장하지는 않는다. 그렇게 하면 "시학"에 대한 내 믿음의 진정성이 의심받을 수도 있기 때문이다. 나는 "시학"이라는 제목이 오만하게 붙어 있는 그런 텍스트를 절대적으로 신뢰하지는 않는다. 시인이든 또는 어떤 장르의 작가든 용기를 내어 이를 악물고 자신의 신념과 믿음을 작품에 담아보려 할 때면, 고양이란 언제든 가방에서 튀어나오기 마련이듯 그것은 어떤 식으로든 드러나기 때문이다. 이 고양이는 과장하기도 하고, 논쟁도 하며, 때로는 진부한 표현을 사용하기도 한다. 또 때로는 문학적 슬로건을 잘 다듬어서 이를 아름다운 문학, 심지어는 어떤 철학적 목소리로 변화시키기도 한다. 요컨대, 시, 그리고 문학은 하늘이라는 거품이 가득 담긴 현실을 마시듯, 모든 것이 가능한 것이다.

흠… 나는 좀 감추어놓은 듯한 "시학"을 좀 더 선호하는 편이다. 즉, 시인이 어떤 시적 교조만을 따르려는 의도가 전혀 없을 때, 텍스트는 (의도치 않게) 그가 글로 옮길 때 생각하던 것보다 훨씬 더 많은 것을 말한다. 또한, 그가 감히 말하고자 의도한 것이나 과연 말할 수 있을까라고 생각한 것보다도 더 많은 것을 텍스트는 담아낸다.

사방으로 퍼져 흩어지는 아틸라 발라즈(Attila F. Balázs)의 시행은 어떠한 내적 엄격함으로서만 한 곳에 다시 모이게 된다. 이 내적 엄격함은 말하자면 올바른 균형의 발견이라고 하겠다. 금욕의 한계를 넘어서는 시인은 예술(작품)이 미처 다다르지 못한 궁극의 지점에 다다르게 된다. 이 궁극의 지점은 그 창조자를 위해 존재하지만, 동시에 자기 본위와 자기 훈련을 아우르며 완전해져서 정밀성이라는 매력적인 세계로 들어가게 된다. 아틸라 발라즈의 시는 이러한 요소들로 나누어볼 수 있겠다. 더 정확하게 말하자면, 우리는 이러한 요소들을 그의 시적 구성에서 발견하게 된다.

몇 편의 장시가 있기는 하지만 적어도 이 시집에서만큼은 아틸라 발라즈는 말을 장황하게 하는 시인이 아니다. 그의 정밀함은 정말 금욕적인 묘사를 가능하게끔 한다. 단순한 문장들로 묘사된 사랑의 행위는 사실상 그 "주제"에 역행하는 것처럼 보이지만, 서정적 자아는 잠시도 상황의 유혹에 굴하지 않는다. 강렬한 감정과 욕망이 그의 시를 뜨겁게 달아오르게 하지는 않는다.

사랑의 행위를 묘사할 때,—그런데 여기서 나는 '묘사하다'라는 단어를 특별히 강조하는 바인데—시인은 사실상 제3자로서 바라보고 있다. 관음증적인 색욕 따위는 조금도 보이지 않고, 나비나 곤충을 채집하는 과학자같이 객관적으로 그 행위를 바라보고 있는 것이다.

우리의 시인은 감정을 드러내는 데에 있어서 과묵하다. 그는 자기 자신, 그의 파트너, 그리고 세상과 거리를 유지한다. 무감각한 "화자" 뒤의 고통 받는 사람, 고통 받는 인간으로서의 시인을 발견하는 경우는 아주 드물다. 설령 우리가 그를 만난다 하더라도, 그는 은유적으로 그 폭로의 목격자, 즉 독자인 우리를 자신과 동일시하려 하지도 않는다. 마치 인공 심장처럼/ 사랑이 순환하려는/ 그들에게, 아무 것도 움켜잡지 않는/ 그들에게, 머리를 들지 않는/ 그들에게, 빛이 여과되는/ 틈과 틈새를 향해, 그는 긴 시의 리듬에 따라 쓴다.

"마치 아무 것도 움켜쥐고 있지 않은 자들 안에서/사랑이 순환하려는/ 인공심장처럼/ 그들은 틈과 틈새 사이로/ 여과하는 빛을 향해/ 고개를 들지 않는다." 그는 장시의 어조로 써내려간다. 아무 것도 움켜쥐지 않는 비극, 빛의 결핍으로 머뭇거리는 이러한 경험은 우리의 시인이 우리와 똑같이 지옥에 있음을 설명한다. 우리 모두는 때때로—혹은 항상—아무 것도 움켜쥐고 있지 않는 것이다. 우리는 가끔 고개를 떨구고는, 다시 고개를 들지 않는다.

우리의 시인 아틸라 발라즈는 이에 어떠한 환상도 없다. 그가 아무것도 붙잡고 있지 않기 때문만이 아니다. 그는 우리가 붙잡을 수 있는 또 다른 것, 즉 언어가 그를 보호해주지 않는다는 사실도 익히 알고 있다. "단어들은 무게를 잃고/ 사물들은 형태를 잃고/ 몸짓들은 의미를 잃고/ 시들은 의미를 잃어버린다." 과연 시가 메시지를 담고 있는가 여부를 논하기 전에 내가 먼저 말하고 싶은 바는 이 경우 시인의 메시지는 소통의 관점에서 접근 가능하다는 것이다. 즉 시가 태어나 영혼을 모아 우리에게 말을 걸 때, 시가 항상 그 시의 소명을 다할 수 있는 것은 아니다. 만약 단어들이 무게를 잃고, 사물들이 형태를 잃고, 몸짓들이 의미를 잃는다면, 시는 불안정하고 마비된 채로 불확실한 세계에서 방황하게 된다.

세계. 우리에게 드러나는 것은 황량한 세계이다. 황량하지만 그렇다고 불모의 세계는 아니다. 여기서 풍경은 새로울 것 하나 없는 뻔한 캔버스이며, 입맞춤에는 열정이 없다. 그러니 다음 질문은 놀랍지 않을뿐더러 충분히 예상 가능한 것이다. "왜 우리는 모두 지구상에서/ 이처럼 영원한 이방인일까?" 사실, 놀라운 것은 그 질문이 아니라 1인칭 복수형이다. 아틸라 F. 발라즈는 사회적인(공적인) 시인이 아니다. 그는 사명을 가지고 있다는 것을 의식하지도 않거니와 엄청난 자부심을 가지고 있지도 않다. 황량한 곳에서 탐색하는 그의 (유의어인 '엄격함'과 짝을 이루는) 금욕주의는 관찰하고, 깨닫고, 해석한다.

이 경우 1인칭 복수형은 영원한 소외로 고통받지만 자신과 동일한 방식으로 고통받는 타자와 자신을 꼭 동일시하지는 않는 존재로서 겪게 되는, 성性으로부터의 비극적 결말을 의미한다. 질문자가 꼭 대답을 기대하는 것이 아니므로, 그 질문은 실제로 서술문이 될 수도 있을 것이다. 고독과 소외의 보편성의 확장은 개인의 불행에 대한 책임에서 벗어나는 일종의 해방이다. 혹은. 혹은 아니다. "누구와도/ 소통할 수 없던/ 때가 있었어요/ 그건 내가 내면세계에만 빠져 있어서가 아니라/ 사람들 말이 전부/ 나를 짜증나게 해서 였어요" —그는 자기해부를 계속해 나간다. 어떤 특정 순간 공동체

의식을 느끼는 것은 실제로는 전혀 그런 것이 아니라, 고독이 주저하며 동반자를 갈망하는 것이라는 점을 암시하는 것이다.

분명한 것은 우리 시인의 세밀한 현실적인 관찰이 독자의 소외감을 강화시킨다는 것이다. 이 세상에서 떨어져나온 몇몇 인물들은 발가벗겨지고, 사실상 곳곳에서 비인간화된다. 그의 시 속 영웅은 패배자로서 어딘가에서 어딘가로 터벅터벅 걸어가지만, 모든 것을 잃은 것은 아니다. 그에겐 창조적 부재라는 있으며, 그가 되돌아갈 수 있는 통로인, 바람에 닫혀버린 문들도 있다. 되돌아간다고? 그런데 도대체 어디로 되돌아간다는 것일까? 그건 그가 가는 길들을 따라 걸으면 그 문을 통해 되돌아간다는 것을 가정한다. 그가 온 곳으로 돌아가지 않는다면, 그럼 어디로 갈 것인가. 그 문이 다른 어딘가로 이끌 수 있을까, 만약 "안쪽: 고요/ 바깥쪽: 낯설음이라면." 혹은 시인은 그가 죽음을 기다리는 인생의 쓰라린 국면에 도달했음을 암시했다. "나는 뜬 눈으로 죽음을 기다리고 있어/ 마지막이라는 이유로/ 할 말이 뭔가 있을 거야." 물론 그렇다. 시인은 죽음을 기다리고, 죽음이 그를 찾아온다. 나날이 죽음은 그를 찾아온다 매일. 그래서 시인은 매일 죽지만, 마치 불사조가 재에서 다시 일어나듯 즉시 부활한다.

헤라클리투스 식으로 말하자면, 우리는 (같은 방식으로 두 번 죽을 수 없듯이) 동일한 방식으로 두 번 살아날 수는 없다. 그리고 마지막으로 무언가 말을 남길 수 있다는 권리를 앞세워 서정적인 자아가 무슨 말을 할지 매우 흥미롭다. 그가 누구에게 이 마지막 말을 남길지 그것 역시 흥미롭지 않을 수 없다. "그는 눈을 감고/ 천국을 꿈꾸고 있다/ 그는 꿈 속에서 미소를 짓고 소곤거린다." 이 신에게 질문을 던지는 것일까, 아니면 아마도 죽음에게 질문을 던지는 것일까? ("나는 추측해 본다/ 발작을 일으킨 듯 뻣뻣한 가지들 사이로/ 차갑게 창밖을 응시하는 저 눈이/ 누구의 눈인지/ 먹이를 기다리는/ 죽음일까?"), 혹은 그가 말을 걸고 있는 상대인 누군가에게, 아마도 열정 가득한 입맞춤으로 그를 안심시켜 주는 누군가에게, 혹은 아무것도 움켜쥐지 않는 자들에게, 혹은 아마도 이 낯선 세상 속 이방인들에게…? 그런데 그는 이 마지막 말을 어디서 하게 될까?

말뫼의 서늘한 Folkets Park(민속 공원)에서, 마이애미의 뜨거운 모래사장에서, 부쿠레슈티의 콘크리트 숲에서, 마카르스카의 푸른 아드리아해에서, 트리에스테의 폭풍우 몰아치는 밤에, 밴쿠버의 카페오레 빛 재즈 가수의 따스함에서, 취리히 호수의 떨리는 물 위에서, 마나과의 부드러운 그늘에서, 콜로즈바르의 침묵에서, 미국 대학의 악취 나는 방, 천사 같은 미소를 짓는 소녀 앞에서, 혹은 부다페스트의 더러운 광고판 앞에서, 마르세유의 빛나는 갈매기들 사이에서, 비엔나의 철문 뒤 지루한 천사들과 함께, 혹은 호박이 아름다운 거짓말을 전해주어 꿈을 보존해주는 리오에서 그는 마지막 말을 전할지도 모른다.

혹은 여기서든 다른 어떤 곳에서든. 어쩌면 다른 시집에서. 혹은 나중에 나올 몇 번째인지도 모를 시집에서. 마지막 말 이후에는 더 이상의 마지막 말이란 없기에. 다른 사람들은 그 어떤 것도 붙잡지 않기에 아틸라 F. 발라즈는 단어에 집착한다. 그는 자신의 이방인으로서의 인식에, 세상에 던져진 자신의 존재에 천착한다. 인생이란 이런 것이라고도 할 수 있을 것이다.

지은이_아틸라 F. 발라즈(Attila F. Balázs)
1954년 Transylvania의 Târgu Mures 출생.
부쿠레슈티에서 도서관학과 문학번역 전공.
1994년 AB-ART 출판사를 열고 지금까지 디렉터를 맡고 있음.
10권 이상의 시집 저자이자 40권 이상의 소설 번역가.
Opera Omnia Arghezi Prize, Dardanica Prize, Brussels-Prishtina, Lucian Blaga Prize, EASAL Prize, Camaiore Award, World English Writer's Union Award 등 수상.

옮긴이_ 최소담
고려대학교 영문과 졸업. 뉴욕주립대학교 (버팔로) 영문학 박사.
미국문학, 문화 연구.
라우라 가라바글리아『살아있는 것들』공역.
영문학자, 번역가.
현 전주대학교 영어교육과 교수.

세계시인선 015

비용의 넥타이

Villon nyakkendője

2024년 3월 29일 초판 1쇄 발행

지 은 이 · 아틸라 발라즈
옮 긴 이 · 최소담
펴 낸 이 · 최단아
편집교정 · 정우진
펴 낸 곳 · 도서출판 서정시학
인 쇄 소 · ㈜ 상지사
주 소 · 서울시 서초구 서초중앙로 18, 504호 (서초쌍용플래티넘)
전 화 · 02-928-7016
팩 스 · 02-922-7017
이 메 일 · lyricpoetics@gmail.com
출판등록 · 209-91-66271

ISBN 979-11-92580-30-2 03810

계좌번호: 국민 070101-04-072847 최단아(서정시학)
값 13,000원

* 번역은 Elizabeth Csicsery-Rónay의 영어판(*Villon's Necktie*)을 토대로 함.
* 이 책은 주한 리스트 헝가리 문화원 지원으로 출간되었습니다.

주한 리스트 헝가리 문화원
서울